Aphorismen der etwas anderen Art

Silvia Koch

Aphorismen der etwas anderen Art

Eine Aussichtsplattform
allein
reicht nicht
um die Welt zu überblicken.

Herausgegeben von
Silvia Koch

Alle Rechte liegen bei der Autorin
Silvia Koch

1. Auflage August 2004

Umschlaggestaltung – Silvia Koch
Umschlagkonzept – Aquardas Verlag
Bildgestaltung – Aquardas Verlag
Bilder - Silvia Koch

Henstedt-Ulzburg

http://www.Aquardas.de
Email – Aquardas@web.de

ISBN : 3-8334-1627-0

Herstellung und Verlag : Books on Demand GmbH,
Norderstedt

Inhalt

Vorwort

Mir ist es wichtig den Menschen das zu lassen was sie haben und Anstreben. Es ist nicht wichtig wie der Mensch lernt oder wie er etwas aufnimmt. Es zählt nur das Tun. Tun in Bezug auf nicht stehen bleiben, sondern vorwärts zu kommen.

Alles daran zu setzten etwas zu schaffen und sei es auch noch so unüberschaubar. Der Glaube an sich selbst ist der Schlüssel zu all dem was man mit seiner Absicht in diese Realität vollbringen möchte.

Aphorismen, Verse oder Gedichte spiegeln, im Gro alle das Selbe wieder, sie erzählen eine Geschichte über denjenigen der sie beschreibt. Sie sind eine Tür zu neuen oder auch alten Einsichten die zuvor vielleicht verstanden jedoch nicht immer wirklich begriffen wurden. Es gibt viele Gründe aufzuschreiben was einen bewegt. Einer meiner Gründe ist die Lehre selbst. Was ich sehe und erfahre, schreibe ich auf damit ich es weiter geben und immer wieder neu verankern kann. Man kann sich diese Erfahrungen in Erinnerung rufen und dadurch neu definieren. Man verinnerlicht diese Sichten in immer neue Art und Weise, man wächst selbst an alten Einsichten. Denn, das was gestern verstanden wurde, muss heute nicht mehr der eigenen Sicht entsprechen.

So denke ich ist es jedem selbst überlassen das Wissen dieser Welt anzunehmen oder nicht und es ist völlig egal, ob sie der Wahrheit eines anderen entsprechen oder überhaupt in den Köpfen der Menschen existieren.

<u>Ist es denn tatsächlich so ?</u>

Man nehme einen Körper,
haucht ihm Leben ein und setzt
ihn auf der Erde ab.
Dann werfe man ihm ein paar
große Steine in den Weg und
beobachtet wie er sich anstellt
mit den Dingen dieser Welt klar
zu kommen.

Silvia Koch

Aphorismen

Böse !

Ein Mensch
der vom Bösen beherrscht wird,
ist nicht in der Lage,
Liebe zu ertragen !

Gott !

Wer an den lieben Gott glaubt,
der darf
auch an alles andere glauben.
Denn er ist das All - Ganze !

Liebe dich !

Wenn du dich schon nicht
auf Anhieb
wirklich selber lieben kannst,
so fang wenigstens an,
dich liebevoll zu betrachten
um zu lernen,
dass du dich akzeptieren
und auch selber lieben kannst.

Ich gehe !

Ich gehe stetig,
in die richtige Richtung.

Denn, ich gehe !

Liebe ?

Was ist Liebe?
Liebe ist wenn Du fort gehst,
aber die Wärme
in meinem Herzen
bestehen bleibt !

Schamanismus !

Der schamanische Weg
ist ein Weg
in dem man nicht gezwungen wird,
Weisheit zu erlangen.
Aber man erhält die Chance dazu
wenn, man reif genug dafür ist !

Ungewöhnlich !

Etwas außergewöhnliches zu sein
ist nichts besonderes,
nur etwas ungewöhnliches !

Alles braucht seine Zeit !

Ein Fuß nach dem anderen
berührt Mutter Erde.

Ein Atemzug nach dem anderen
schenkt Bruder Wind.

Ein Tropfen nach dem anderen
fällt vom Himmelszelt.

Warum will der Mensch
nur immer alles auf einmal?

Existenz !

Ich zweifle an allem was existiert,
nur um mir Selbst zu bestätigen,
dass der Zweifel eine Illusion ist
damit, ich akzeptieren kann,
das alles was zu sein scheint,
ein Traum ist,
der durch den Versuch zu
existieren, nur der Weg
zum Sein war,
damit ich zu mir zurück finde
um zu wissen, dass ich existiere
in welcher Welt auch immer !

Einen Moment lang !

Was glaubst du ist das Glück?

Es ist ein kurzer Moment
in dem du die Illusionen
leben kannst in der Welt
wo andere,
zur gleichen Zeit,
Qualen erleiden
mit der Hoffnung,
endlich zu sterben
um auch Glück zu erfahren !

Keine Frage!

Stell dir mal vor,
du würdest die Glückseeligkeit
erfahren.
Was wäre dann,
in Zukunft dein Ziel?

Warten !

Das Loch der Einsamkeit
ist so groß,
dass ich den Rand des Glückes
nicht sehen kann.
Doch tauchen immer mal wieder
kleine Trümmer auf,
die ich nicht gewillt bin
zusammen zu fügen
um das Land der Traurigkeit
betreten zu können.
So verweile ich
in der endlosen Dimension
und warte auf das Licht,
das mir einen Horizont beleuchtet
damit ich wieder hoffen kann,
das die Unendlichkeit nur einer
Sache nicht existiert.

Erfahrung ist alles !

Jeder Mensch steht irgendwann,
an jenem Punkt im Leben,
wo er sich fragt,
was sein Sinn im Leben ist.
Später steht er auf dem Punkt und
behauptet, er hat den Sinn
des Lebens gefunden.
Nun stirbt er und erkennt,
dass der Sinn seines Lebens
nur eine Frage war,
um sich weiter am Leben
festzuhalten damit er begreift das
er nur ein Teil des gesamten
Daseins war um zu verstehen,
das er das Spiel mit Regeln genau
befolgt hat um am Ende daran zu
wachsen was er verspielt hat.
Sein Leben !

Der Weg !

So folge dem Licht,
und halte deine Sicht.
So folge dem Pfad,
ist er auch noch so hart.
So denke von innen nach außen
und umgekehrt
dann, wirst du vom Geist
geleitet und gelehrt.

Ein Irrglaube?

Der arme Mensch,
unfähig zu Glauben an das eine,
so wie als, an etwas anderes !

Heute missachten viele Menschen
Gott mit der Begründung,
dass er erdacht worden war,
weil die Menschheit
schwach und hilflos ist
damit sie sich im Glauben
vergraben konnten
mit dem Traum,
beschützt zu werden
vor Unheil und Gebrechen.
Haben die Menschen
sich auch den Teufel erdacht,
damit sie sich zu Tode ängstigen
und erkranken können
um später in einer Hölle zu
schmoren?

Was ist die Seele?

Das Prinzip der Göttlichkeit
ist die Grenzenlosigkeit
die sich als energetisches Geflecht
in uns manifestiert um zu erfahren
was es heißt, Liebe und Schmerz
zu verbindet um den daraus
resultierenden Faktor
der Existenz zum Sein
auch zu Leben.

Zeitlos!

Zeitlos heißt nichts anderes als,
jetzt und immer,
mit allem was vorher war.
Zeitlosigkeit ist eine Schraube, die
die Vergangenheit,
Gegenwart und
die Zukunft
in einander verdreht,
damit alles
formlos in einander übergeht.

Geistesblitz !

Ein Geistesblitz ist nur der Funke
der das Feuer entfacht.
Um das Feuer am Leben zu halten
muss es brennen dürfen,
damit es sich ins Bewusstsein
einbrennen kann !

Was lasse ich an mich heran ?

Um einen anderen Menschen
verstehen zu können,
muss man
in seine emotionale Welt
blicken können denn,
jeder versteht nur das,
was er an sich
heran lassen will und kann !

Meine Wahrheit !

Alles was sich in mir
bewegt und regt,
alles was ich aus meiner
Perspektive sehe,
ist ganz allein
meine Wahrheit.

Alles was außerhalb
meines Selbst liegt,
ist die Wahrheit der anderen.

Bist du das ?

Kaum ein Mensch
traut sich das zu sagen,
was er wirklich
von sich selber denkt,
nämlich, wie er ist !

Wer überblickt hier was ?

Die Sicht eines jeden
ist der Standpunkt desjenigen
der meint alles zu überblicken.
Wo er doch
am besten wissen muss,
was er sieht.
Nur übersieht er leider oft
was in ihm selbst geschieht.

Leben !

Ein Hauch,
ein Atemzug,
Energien die uns durchströmen.
Ein Rauschen,
ein Fluss,
Lebenselixiere die uns
durchfluten.
Im Dasein entstehen
und vergehen wir, wie der Wind
und doch,
sind wir immer da.
Sichtbar ist immer nur das
was Sichtbar werden will.
So ist das Leben jeden Wesens
eine Erfahrung die getragen wird
von dem Puls der Erkenntnis.

Erkenne dich selbst denn,
dann wirst du sehen wer du bist !

Wie weit ?

Die Unendlichkeit
ist eine Begrenzung an sich denn,
wenn es wirklich
etwas geben würde
das aufhört zu existieren,
kann man es nicht
in ein Wort pressen.

Das Ego !

Welch Mensch der sich
geschworen hat,
ein bessrer zu sein als ich.
Der sollte sich was schämen,
ewiglich.

Verrückt ?

Ich gehe eine Strasse im
Dämmerlicht entlang,
dort sehe ich einen schwarzen
Vogel in panischer Angst
herumflattern. Ein Taxi hupt, ich
blicke zum Taxi dann,
wieder zu dem Vogel der
tatsächlich nur
ein schaukelnder Ast im Wind war.
Vertieft in die Gedanken an den
imaginären Vogel biege ich ohne
zu wissen warum, rechts in eine
Strasse ein und sehe wie sich der
schwarze Vogel
im Zaundraht verheddert hat.

Tunnellicht !

Am Ende des Tunnels
strahlt immer
ein Licht,
auch wenn manchmal
ein Schatten
dieses Leuchten bricht.

Wissen !

Was ich weiß,
brauche ich nicht
zu glauben denn,
der Glaube führt mich
über die Erfahrung
zum Wissen !

Dasein !

Wenn man die Uhr zurück dreht,
verändert man nur die Zeit.
Stellt man die Zeit vor,
verändert man das Leben.

Veränderungen tun weh,
weil man die Vergangenheit
gehen lassen muss.

Der alte Teil ist dann bereit
zu sterben um
für einen neuen Teil des Lebens
platz zu schaffen.

So schließt sich doch nur ein Kreis
im Dasein eines jenen Wesens,
das diese Zeit nutzt,
Mensch zu sein !

Hoffnungslos !

Wenn man eine Hoffnung hegt,
die niemals
in Erfüllung zu gehen scheint,
könnte man meinen
es ist eine hoffnungslose Hoffnung.

Vorahnungen !

Eine böse Vorahnungen zu haben,
hat noch mit Aufregung zu tun.

Tiefes inneres Wissen zu haben,
das etwas schlimmes geschieht,
ist schon beängstigend.

Aber die Bestätigung,
einer schmerzhaften
Vorahnung zu erhalten,
kann zerstörerisch sein !

Neid ?

Aus meiner Sicht
sind die Menschen allesamt
verrückt.
Ein kluger Spruch behauptet
jedoch, wenn alle anderen
an einem Strang ziehen,
nur ich nicht, dann
bin ich die, die verrückt ist.
So bin ich also etwas besonderes,
da ich mich nicht in die
Gesellschaft einfügen kann.
Leider sind die Menschen
nicht gewillt anderen ihre
Besonderheiten zu lassen
weil sie genau das
zum Alltäglichen macht, nämlich
was sie selbst nicht sein wollen.

Meinungen !

Menschen die meinen Gott
existiert nicht,
weil sie stark genug sind
alleine klar zu kommen,
haben noch nicht gelernt,
das Gott nicht ihr Schutzengel
sondern
ein Teil ihres Lebens ist !

Zum Teufel !

Wer zum Teufel
hat eigentlich erzählt
das es
den Teufel gibt?
Ist es der Mensch
mit seiner eigenen Hand
geschrieben in die Bibel
oder ist es die Angst
vor dem
was in uns schlafen könnte?

Was man sieht !

Viele Menschen
glauben nur an das
was sie sehen,
kein wunder
das sie sich so
vor ihren Träumen
fürchten !

Neues !

Ich habe meinen Glauben verloren
damit ich mir bewusst werde,
dass ich einen neuen
und stärkeren
finden
kann!

Menschenängste !

Könnte es sein,
das die Angst des Menschen
vor anderen,
so groß ist
weil der andere
noch schlechtere Gedanken
hegen könnte
als man selbst?

Geben und nehmen !

Wovor hat der Mensch
solche Angst?
Vor dem,
was er getan hat
und zurückbekommt,
oder vor dem,
was andere tun
um es später
zurück zu erhalten?

Beeinflussung !

Eine Situation in der man sich
glücklich fühlt ist wunderbar.

Doch wie sieht es mit den
Emotionen aus
wenn, in solch einem Moment
ein Mensch auftaucht
der den fröhlichen Mensch
ohne Grund beschimpft?

Ist es nicht schade
sich ständig von der Negativität
eines anderen
beeinflussen zu lassen
nur weil man sich selbst
nicht unter Kontrolle hat?

Verstand !

Wenn du glaubst
verstanden zu haben,
hast du es nicht
denn, sonst
würdest du es wissen !

Genießen !

Du solltest,
das Schöne im Leben genießen
denn, aus dem schlechten
musst du ständig lernen.
Warum?
Damit es nicht wieder kehrt !

Niemals !

Vergiss niemals,
das du lebst,
denn,
genau das,
könnte sonst,
dein Tod sein !

Unscheinbar ?

Gewisse Dinge im Leben
sind so unscheinbar
wie ein Blatt Papier.
Und doch, ist man in der Lage
dieses einfache Papier
zu verzaubern.
Der eine schreibt eine Geschichte,
der Nächste malt ein Bild.
Wieder andere
schreiben ihre Gedichte.
So liegt es an jedem Selbst
was er aus dem macht,
was er in und bei sich trägt.
Und ist es auch nur
ein Stück Papier.

Ich bin !

Wenn ich meine,
das ich bin,
nur weil ich denke
dann, denke ich
bin ich genauso weit,
wie ich jetzt bin !

Keine Zeit ?

Zeit

existiert

nicht.

Nur

ein

Ablauf

der

Dinge !

Glaubst du ?

Wenn der Glaube,
Berge versetzen kann

Warum

glaubt dann
nicht jeder?

Wichtiges !

Nicht die Gesundheit
ist das wichtigste
im Leben,
sondern die Liebe,
die dem Kranken
die Hand hält
und der Glaube daran,
dass es nichts gibt,
wo vor
man sich fürchten muss !

Ein Licht !

Trage das Licht
so weit fort,
wie du dich traust
zu gehen,
damit so viele Seelen
wie möglich,
dieses Licht
der Klarheit erspähen.

Mein Tun !

Vom Grund auf
gibt es nichts böses.

Jedoch
eine neutrale Energie,
die du selbst
zu dem machst,
was du
als Realität verstehst !

Nachgedacht ?

Willst du etwas nicht,
wird es passieren,
weil deine Gedanken
voll von Energie
bei dem Übel
grassieren !

Vertrauen !

Ich kann mein Vertrauen
mit ruhigen Gewissen
verschenken.
Denn, wenn es von jemanden
missbraucht wird,
ist es sein
verschenktes Glück,
aber nicht meines !

Vergangene Zeit !

Unsere Zeit,
läuft nicht davon,
sie verschwindet nur,
ins Land
der Vergangenheit !

Striche !

Ein bereits
gemalter Strich,

_____

bleibt Bestandteil
des Seins

egal ob vernichtet oder nicht !

Nur Mut !

Jeder Mensch,
kann nur das sein
und leben,
was er sich
selber traut
auch anderen gegenüber
zu öffnen !

Sag es !

Sag mir,
was ich sehe
damit ich
lerne
mich selbst
zu verstehen !

Lernen !

Leid wird erst dann notwendig
wenn, der Mensch
durch angehäufter,
negativer und nicht verstandenen
Erfahrungen
mehr in der Lage ist
zu erkennen
das lernen auch
durch Freude möglich ist.

Verstanden !

Was der Verstand
alles fassen kann,
geht einem nicht
alles über die Lippen,
doch
um es wirklich
zu begreifen,
musst du es
erklären können.

Verschieden ist normal !

Unter den Menschen
ist es verständlich,
dass alle Individuen an sich
verschieden sind.
Wenn also alles was
unterschiedlich scheint,
normal ist,
ist es dementsprechend
alltäglich
und entspricht dem gewohnten.
Bei dieser Sichtweise
bestätigen wir jedoch nur,
dass das was wir
verschieden nennen,
normal ist und wir alle gleich sind.
Nämlich verschieden.

Das Glück !

Um das Glück
glauben zu können,
muss man
davon überzeugt sein.
Doch in der Not
wird es einem zum Verhängnis
an all das
zu glauben
was andere
für Glück haben.

Unbeschwertheit !

Die Ausgewogenheit in einem
Selbst,
ist die Unbeschwertheit
die einem auf dem Weg
durchs Leben begleitet wenn,
man gutes Erfahren und schätzen
gelernt hat.

Ich glaube an dich !

Wenn ich sage,
dass ich an dich glaube
dann, bestätige ich nicht
nur deine Existenz
sondern,
ich bestätige damit,
dass ich das Gute
und deine Stärke
in dir gesehen habe,
an die du
ebenso glauben solltest
um nach vorne zu gehen,
egal, wie hart es im Leben
auch sein kann.

Ziele !

Ein Ziel vor Augen zu haben
ist das Sinnvollste
was man im Leben
haben kann
denn,
wenn man keines hat
ist das Leben
leer und langweilig.

Da wo ich stehe !

Wenn ich nachts auf einem Felsen
in der Dunkelheit stehe,
wandert mein Blick
zum Horizont.
Silhouetten vom Ende der Welt
haben sich in meinen Augen
verfangen.
Ich weiß,
dass kein Ende der Welt existiert
doch wenn ich
in den Sternenhimmel sehe,
dann weiß ich,
dass ich mit meinen Füßen
auf dem Ende
der Welt stehe.

Wegweiser !

Um nicht vom Wege abzukommen
sollte man sich
eigene Wegweiser aufstellen,
in dem man sich einfach einbildet,
dass dieses der richtige Weg ist
um sich selbst
in der Absicht zu festigen
damit einem keiner
Steine in den Weg legt
und sich an der Idee bereichert
zu der man selbst
nicht genug Mut hatte.

Die Absicht !

Die Absicht ist der stärkste Funke
in einem Selbst,
den man entfachen kann
wenn, einem etwas gelingen soll.
Egal ob aus Wut
oder Barmherzigkeit.
Nur sollte man stets daran
erinnert werden,
dass alles was man tut
auf einen zurück fällt.

Zeitenrausch !

Hast du gesehen
wie schnell
die Zeit an dir
vorbei gerauscht ist?

Oder, hast du
dich nur
daran erinnert als dir
ein Thema
in den Sinn kam, wo du
noch viel jünger warst
als jetzt?

Parallelen !

Im Gegensatz zu dir
saß ich hier und schrieb.
Du dagegen sitz in deinem hier
und liest.
Was du auch immer
für Konsequenzen daraus ziehst.
Die Parallelen zu allem
erdenklichen
sind stets vorhanden
und immerzu gewieft.

Wer bist du ?

Um sicher zu sein
wer du bist,
solltest du vielleicht
mal in den Spiegel sehen
um zu erkennen,
dass du nicht
unbedingt der bist,
der du vorgibst zu sein.

Zeichen !

Um Zeichen erkennen zu können
solltest du nicht
alles als Zufall abtun
denn, das was man als Zeichen
deuten könnte,
sind keine
solange du nicht verstanden hast
dass es keine Zufälle gibt.

Vorhandene Zukunft !

All das was in der Zukunft liegt
und noch auf uns zukommt,
existiert bereits
in einer unsichtbaren Form
in uns selbst.
Doch wären wir auch bereit
das zukünftige zu sehen und das
anzunehmen
was uns nicht gefällt?

Selbstvertrauen !

Um an sich selbst zu Glauben
muss man sich selbst vertrauen.
Kannst du dir selbst
in die Augen sehen
und von dir behaupten,
immer die Wahrheit zu sagen
egal, was auch geschieht?

Von nun an !

Glaube immer im Rhythmus
deines Takts.
Und zwar genau da,
wo du dich gerade befindest.

In der Gegenwart,
im Hier und Jetzt.

Zumindest wenn du etwas
schaffen willst,
dass dich von nun an,
nach vorne bringen soll.

Alles ist eins !

Alles ist eins,
alles hat ein Bewusstsein,
es existiert
in so vielen Emotionen,
Erlebnissen und
Ansichten wie Seelen
vorhanden sind.

Durchwoben und vernetzt !

Wie ein Pfirsich,
durchwoben von den Fasern
seines Bestandes.
Wie eine Wolke,
durchtränkt von Feuchtigkeit
die in ihr schwirrt.
Wie das Universum,
durchdrungen von Energien
die das menschliche Auge
nicht sehen kann.
So existiert ein Gewebe
das all das, was wir kennen,
miteinander vernetzt
um die Phänomene der Zeit
zu ergründen damit wir
die Matrix verstehen.

Angst !

Angst ist eine Erinnerung.
Geschaffen nur damit wir uns
eingestehen,
dass etwas bewegliches in uns
beständig ist.
So lange wir nicht lernen zu
akzeptieren,
das wir nicht bestimmen
wo vor wir uns fürchten.
Solange werden wir mit den
Erinnerungen an unseren zuvor
selbst gestrickten Mustern der
Angst zu kämpfen haben.
Damit wir uns mit ihr Verbinden
können um sie irgendwann
aufzulösen in einer Welt
die wir selbst jeden Tag neu
erschaffen.

Das Verständnis !

Einen Vers oder ein Gedicht
zu verstehen
ist nicht immer leicht,
da man nicht die Einsichten und
Emotionen desjenigen in sich trägt
der dieses aus seiner Perspektive
verfasst hat um dich,
an seinem Leben
teilhaben zu lassen.

Grenzen !

Grenzbereiche sind nur
in deiner Vorstellung vorhanden
weil, du dich nicht traust
das zu sehen,
was es in Wahrheit
zu sehen gibt.

Die Unendlichkeit
deiner Seele.

Wahrheit !

Die Wahrheit
ist nicht
das
was andere

Leben

sondern das
was du

fühlst !

Schutz !

Wenn die Nacht herein bricht
und man ist ängstlich und allein
unterwegs in einem Wald.
Dann wünscht man sich einen
starken Menschen an seiner Seite
damit er einen vor Schatten und
angst einflössenden Geistern
beschützen kann.
Fürchtet man sich in dunkler
Nacht vor einem grausamen
Menschen,
wünschte man sich
ein treuer Geist
wäre bei einem
damit der Bösewicht vor Angst die
Flucht ergreift.

Selbsterhaltung !

Der Selbsterhaltungstrieb
ist ein Schutzmechanismus
der jedes Lebewesen
begleitet
ob es denken kann
oder nicht !

Nicht immer da !

Ich stehe dort
wo ich bin,
jedoch bin ich
nicht immer da,
wo ich mich gerade aufhalte.
So existiere ich körperlich an
jenem Ort
der für dich sichtbar ist.
Doch geistig schwebe ich fort,
über die Grenzen
zu einem magischen Hort
der in meiner inneren Welt
immer dort bestand hat
wo ich mich aufhalte
wenn ich durch diese Welt
schreite.

Innen und Außen !

Wie ich dich sehe
ist aus meiner Sicht richtig,
doch für dich unverständlich.
Denn, deine Sicht
kommt genau wie meine,
von innen.

Selbstbetrug ?

Wer sich Gedanken
um das Glück
anderer macht
wird selbst
nie welches Erhalten,
da man dem Selbst
in Gedanken,
vorgaukelt
schon welches zu besitzen.

Nicht Aufgeben !

Man muss nicht aufgeben
nur,
weil man nicht weiter weiß.
Denn, der Fluss,
den man mal durch eigene Kraft
zum Strömen gebracht hat
hört nicht einfach auf zu
existieren.

Er fließt immer weiter.

Gegensätze !

Um stärker zu werden
muss man gegen ankämpfen.
Um sich nicht
unter kriegen zu lassen
darf der Gedanke
nicht bei der Tatsache verweilen.
Um die Gegensätze
nun zu vereinen,
kämpfe,
das der Gedanke
nicht die Oberhand gewinnt
damit du stärker werden kannst.

Zuhören ?

Wenn man zuhören will,
müsste man still sein.
Wenn man tatsächlich still ist,
überkommt einen die Leere,
wenn man meint
allein in einer Leere zu sein
müsste man sprechen
um die Einsamkeit zu überwinden,
dabei ist genau diese Leere
die Tür zu uns
und unserer Seelenfamilie von wo
man Antwort bekommt,
wenn kein Mensch
mehr weiter weiß.

Träume oder Schäume ?

Sind Träume
nun wirklich Schäume?
Oder redet man sich nur ein,
dass es diese Welt
mit einer anderen Realität
nicht gibt,
damit man sich
sicherer fühlen kann,
weil man nicht versteht
was dort drüben
in Wahrheit passiert.

Mensch sein !

Ein freier Mensch zu sein,
bedeutet nicht,
das du dich mit allem
abfinden musst,
was auch immer geschieht.
Es langt
wenn du es ohne
weitere Gedanken
daran akzeptierst,
so wie es ist.
Um dir dann,
eine neue Absicht
für neue Wege zu gönnen.

Vergessen ?

Ich habe vergessen
wer du bist.
Ich habe vergessen
wer ich bin.
Ich habe vergessen
wer wir waren.

Vergessen !

Neu Anfangen, warum?
Um mir bewusst zu werden,
dass man mehr
als nur ein Leben braucht,
um zu verstehen
das wir vergessen müssen
damit wir irgendwann in der
stillen Tiefe aufwachen
und verstehen
wer wir eigentlich sind.

Eigene Wege !

Zum Glück fühlt man sich am
Ende eines jeden Weges
erleichtert.
Man ist vielleicht müde und auch
einfach geschafft.
Dennoch ist man froh darüber
diesen jenen Weg
nun hinter sich zu haben.
Aber man sollte sich klar machen,
das der Weg,
ob der nun vor oder hinter
einem liegt,
immer nur der eigene Weg ist
und niemals der eines anderen !

Schlusswort

In mancherlei Hinsicht finden sich in vielen Versen und geschriebenen Texten eigene Einsichten wieder, die mit dem eigenen Leben übereinstimmen. Genauso finden wir Standpunkte die wir einfach nicht vertreten können da, wir nicht verstehen was der andere damit Auszudrücken vermag.
So sind die Sichtweisen so unterschiedlich wie das Leben an sich.
Das wichtigste ist dennoch zu akzeptieren, dass Menschen anhand ihrer Lebenseinstellung, über Dinge urteilen die sie selbst in Erfahrung gebracht haben, was ja auch völlig in Ordnung ist.
Leider gibt es aber auch immer wieder Situationen in denen der Mensch meint über andere

urteilen zu müssen, obwohl er keinerlei Parallelen oder Erfahrungen in Bezug auf denjenigen hat, den er vielleicht mit seiner Art und unzulänglichen Sichtweise verletzt. So möchte ich zum Abschluss darauf Aufmerksam machen, dass meine Erfahrungen und Einsichten für viele Menschen passend sein können aber nicht zwingend dazu führen müssen. Es liegt immer an einem Selbst ob er gewisse Einsichten annehmen möchte oder nicht.

In diesem Sinne wünsche ich allen Lesern, dass Sie Menschen begegnen die im Stande sind, Sie so zu akzeptieren wie Sie sind.

Eine Lehre zu erhalten ist
wundervoll,
sie zu verstehen und daraus zu
lernen, ist bemerkenswert,
sie geschickt einzusetzen und
damit zu Leben,
so etwas nenne ich, weise !

Silvia Koch

Buchvorstellung

Schlägt man dieses Buch auf, findet man
Gedichte die sich einfach nicht in einen Rahmen
der grundlegenden Gedichtformen pressen
lassen. So verfügt Silvia Koch über die Fähigkeit,
Dinge auf eine neue Weise aufschimmern zu
lassen, um sie von einer anderen Warte aus
verstehen zu können.Getragen und begleitet
werden diese Gedichte von dem Wissen das es
noch mehr auf dieser Welt gibt als das, was man
nur sehen kann.